OMG!
外星同好會
U0931740

前言

大家好，我是這本《OMG! 外星同好會》的作者藍曉。

很高興你拿起並閱讀這本書，這是我上一本作品《唔緊要》的延伸故事。雖然角色不一樣了，但世界觀是相同的，而且我留了一個小彩蛋，有興趣的讀者可以在插畫中找找《唔緊要》的主角們哦！

如果你有看過《唔緊要》就會知道，這是一個由動物組成、有精靈和魔法的世界，怎麼這次連外星人跟 UFO 都出現了，不會很混亂嗎？嗯……身為作者的我也一言難盡。

在去年出版《唔緊要》後，今年有幸繼續跟出版社合作，但同時難題出現了——到底這次故事的主題該是什麼好呢？前作《唔緊要》是一本面向幼童的心靈繪本，但與出版社商量後，大家一致決定今次要把目標讀者的年齡層提高，亦確定了這本作品將會是一個生動有趣、充滿愛與勇氣的冒險故事。

但那時候我什麼也想不到，到了後期已經快要趴到地上求神拜佛，希望可以得到一絲靈感。結果在這樣的情況下，我的腦海開始出現很多奇奇怪怪的想法，隕石撞地球、外星人入侵……對了！外星人！既然有魔法，為什麼不能有外星人？這兩者如果加在一起應該會很有趣吧！

而看到封面的你可能會疑慮，明明主角是隻刺蝟跟人類小女孩啊，外星人就只有背景小小的一隻。因為我在思考故事時想到，這是一個動物主導的世界，所以我們人類在他們眼中也應該是一種前所未見的「未知生物」或「外星人」，這樣翻轉的感覺很搞笑。

雖然主題定好了，但亦迎來一個大危機，這次故事的表達方式由繪本變成了圖文小說。我對畫畫有一定自信，但寫文章方面就……（當時給親戚看完文章初稿後，他們那一臉不知該說什麼，又怕打擊我自信的樣子仍然歷歷在目。）最後還好得到出版社的編輯幫忙修改，真是萬分感謝各位幫忙！

噢！這次的廢話也有點多，該把時間讓大家好好欣賞這個故事了。

藍曉

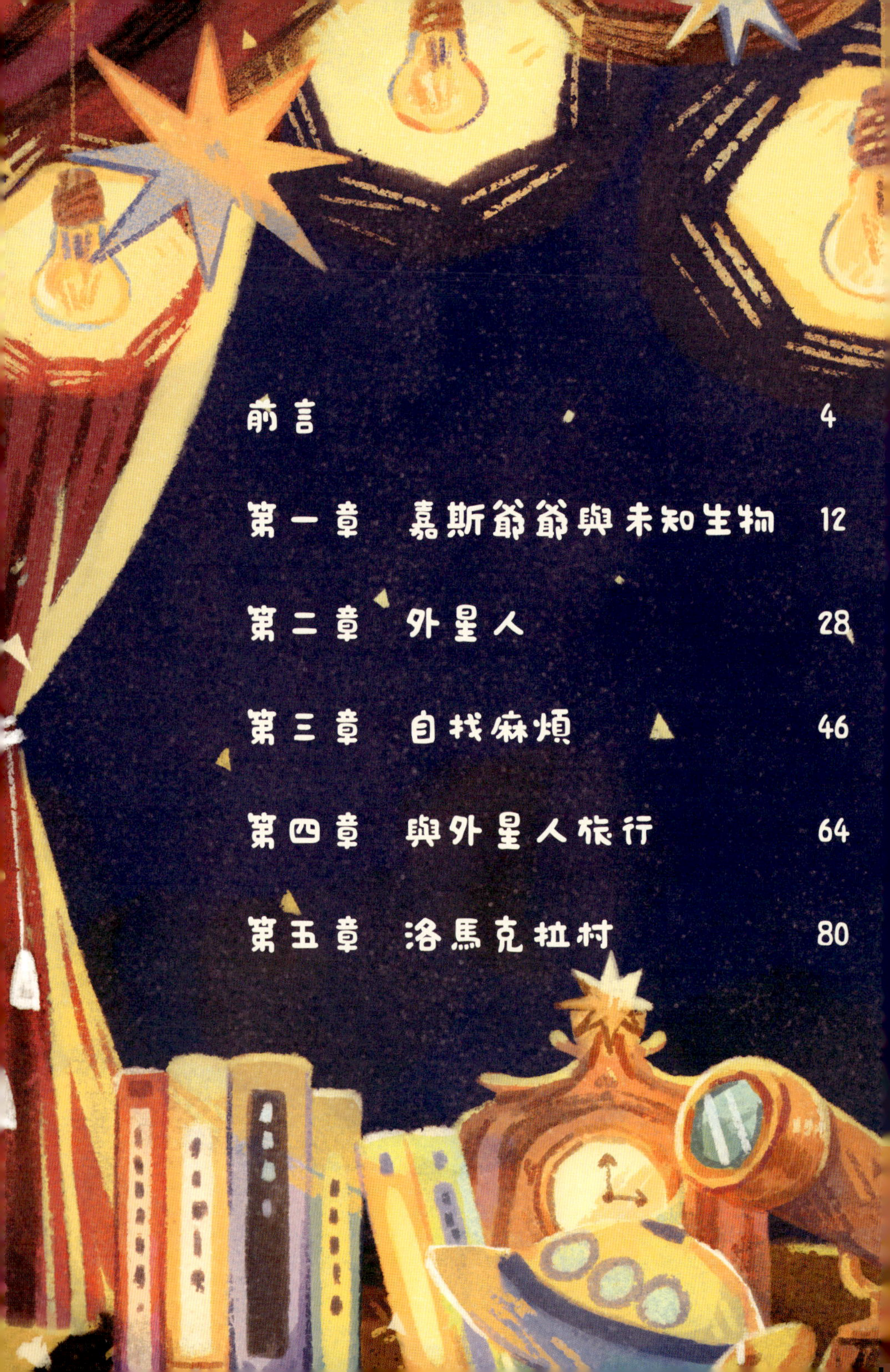

OMG!
外星同好會

人物介紹

嘉斯（少年嘉斯 & 嘉斯爺爺）

魔法水晶球的主人，兒時意外地遇到「未知生物」，
並與他成為朋友。十分疼愛孫子尼克。

菲菲

意外被魔法水晶球
帶到魔法世界的「外星人」，
性格開朗，喜歡甜食。

尼克

十分喜歡外星人，好奇心爆棚，
喜歡看書，腦筋很好，
遇到問題時會努力解決問題。

阿萊爾
沉默寡言，
擅長手作跟維修。

芝芝
為人仗義，行動迅速，
認為自己有外星人的血統。

高迪
身形高大，力大無窮，
但膽小如鼠。

歐圖
洛馬克拉村的村長。

麥利
莫可帕米地區的首富，
痴迷於外星人。

第一章
嘉斯爺爺與未知生物

第一章
嘉斯爺爺與未知生物

你們有沒有遇到過一些不可思議的事情呢？五十年前的嘉斯就曾遇到一件十分神奇又令人難以置信的經歷。

那時候小刺蝟嘉斯因為爺爺的離世很不開心。爺爺什麼都沒有說，只留下一個禮物盒。禮物盒子裡頭有一張寫着「小嘉斯，祝你6歲生日快樂。」的卡片，還有一個水晶球。那是爺爺為他準備的生日禮物。

水晶球很精美，球形的玻璃中，豎立了一顆星星的裝飾。「爺爺真的很喜歡星星呢……」嘉斯回想起爺爺，心情變得更低落了。悲傷與疲倦漸漸包圍嘉斯，他抱着水晶球躺在床上，「不知道能不能在夢裡見到爺爺呢？」他可以在夢中跟爺爺一起冒險，發現一些新的「未知生物」。

沉醉在哀傷的嘉斯沒有注意，窗外一顆顆星星正在劃過夜空，同時水晶球中的星星也慢慢亮了起來。

「哎呀！」疲倦的嘉斯本來已經快要睡着，突然屁股傳來一陣強烈的鈍痛。「發生什麼事啊 ?!」他睜開眼睛，卻被眼前的景象嚇得呆住了。

「這這這這！！！！！是什麼地方啊？！」此刻他並不在自己的房間，而是身處在一個完全陌生的地方。

眼前是一個用木板搭建的房間，面積不大，但卻放了不少東西。放着五顏六色繪本的書櫃、小小的書桌、堆滿玩具的箱子、滿牆手繪的畫、紙摺的頭盔、寫着字的小黑板跟小巧的望遠鏡……雖然東西有點雜亂，但塵埃不多，看來有人經常使用。

嘉斯過於想理解到底發生了什麼事，所以沒有注意身後傳來「沙沙沙」的聲音，由遠至近，由小至大。當他注意到並轉身時……

「啊呀啊啊啊啊！！！」

不單嘉斯被這突如其來的情況給嚇到，來人也是被嚇到跳起來。嘉斯即使十分驚慌，也馬上決定要找地方躲起來。他馬上環顧房間，桌子、椅子跟玩具箱……

嗯？嘉斯的目光掠過在房間角落的紙箱，紙箱大小適合，藏進去剛剛好！他立刻用了此生最快的速度跑進紙箱中，箱子上的破洞，剛好方便用來觀察外面的情況。

依靠着微弱的月光，他終於看清來者的外表，但卻讓他震驚不已，因為他從沒看過這樣的生物，不管是在生活中或是書中也沒有！雖然四肢纖瘦修長像猴子先生，耳朵小小，但身上的毛少得可憐，只有圓圓的頭上方長着一大堆毛，左臉有一塊大紅斑。

「這是一定是未知生物！……現在該怎麼辦？！」

不單小嘉斯在觀察，

「未知生物」也在疑惑地看着他藏身的地方。

咕……一聲巨響打破了現場的寧靜。原來是嘉斯的肚子餓得咕咕叫，他從中午出席完爺爺的葬禮到現在都沒有食東西，現在一緊張，肚子就更餓了。

「未知生物」聽到聲音後先是一愣，隨即在褲袋裡翻找起來，然後小心翼翼地把東西放到地上。完成這一切後，他就緩緩後退，靜悄悄地離開房間。

眼看情況安全，嘉斯小心翼翼地從紙箱中爬出來，他慢慢上前查看，生怕那「未知生物」會突然折返。在確認真的安全後，嘉斯好奇地拿起「未知生物」留下的東西。

是朱古力跟餅乾！

嘉斯想起媽媽說過，不可以吃陌生人的食物，但他真的是太餓了！所以……「只吃一點點應該沒問題吧！」嘉斯把零食的包裝袋撕開，香甜的味道撲鼻而來，令他食指大動，連忙把零食吞到肚中。

天啊！每款零食都很美味，他不禁一塊又一塊地接着吃，轉眼間就把所有零食吃光。吃飽後，身體變得暖和，嘉斯慢慢放鬆下來。

小嘉斯的眼皮也止不住開始往下掉，頭腦也開始上下晃動。不……他不能睡！如果那「未知生物」回來襲擊自己怎麼辦？！但……「如果只是瞇一下眼，休息一會，應該沒有問題吧？！」

窗外的小鳥歡樂地詠唱着，柔和的陽光照進房間裡每個角落。嘉斯伸了一個大懶腰，睡得真舒服啊，但他突然想起：「等等！我是什麼時候睡着的？身上怎麼還蓋了一張毛氈？怪不得這麼溫暖。」

嘉斯坐直身子正要起來，才看到「未知生物」守在自己身旁。他拿着一盤香噴噴的麵包跟水果，並往小嘉斯的方向送：「你應該餓了吧，你醒來了剛好可以吃早餐。」

嘉斯本來要拒絕的，但他轉念一想，如果不吃東西就會肚子餓，餓就沒有力氣，沒力氣遇到危險就跑不了……所以他就勉為其難地把食物吃光光了！

「未知生物」跟嘉斯介紹自己叫朗朗，然後他拿了一件雨衣跟雨鞋給嘉斯，雨衣剛好把嘉斯的刺都藏起來。待嘉斯穿好雨衣跟雨鞋後，朗朗便連忙拉着他往門口走。

穿過門口，嘉斯看清了自己的所在地。原來他們在小樹屋上，下方是一片綠油油的大草地。

朗朗帶着小嘉斯四處遊玩，逛過了各式各樣的市集，參觀了充斥紙張氣味的書店，還吃了不同口味的糖果，累了便躺在湖邊休息。

不知不覺間，嘉斯跟朗朗熟絡起來。嘉斯發現，這個「未知的世界」，除了人們的樣子有點奇怪外，大家都溫柔有善，他不再感到害怕，甚至有點喜歡這裡……

「這是送給你的。」朗朗遞給了嘉斯一條松果手鏈。這是朗朗親手製作的，嘉斯對它更是愛不釋手。

天色漸晚，他倆回到樹屋，朗朗要回家了，離去前他給嘉斯留下了一些食物。

待朗朗離開後，嘉斯感到十分孤單，他很想念爸爸媽媽，不知他們現在怎樣呢？有否發現他的失蹤呢？會否因為他不見了而傷心呢？

嘉斯望向了靜靜躺在角落的水晶球，便伸手把水晶球抱在懷中。他閉上眼，心裡默念著：

「真是很想念爸爸媽媽……如果能回家就好了……」

當嘉斯再次睜開眼時驚訝極了，不禁大叫起來：「這不是我的房間嗎？！」

突然房門被推開，爸爸媽媽哭哭啼啼地走進來，看到嘉斯他倆先是一愣，之後馬上緊抱着小嘉斯，因為嘉斯失蹤了一整天，以為嘉斯離家出走了。

嘉斯只得把在「未知世界」跟朗朗相遇的神奇經歷一一交代，但父母聽後只是面面相覷，他們並不相信小嘉斯的話，認為他在說謊。

結果父母卻生氣地離開房間，嘉斯很想解釋，但卻拿不出證據，連他自己也不禁懷疑剛剛會不會只是幻覺。這時，他看到手腕上的松果手鏈：「不對！這一切果然不是夢！」

第二章
外星人

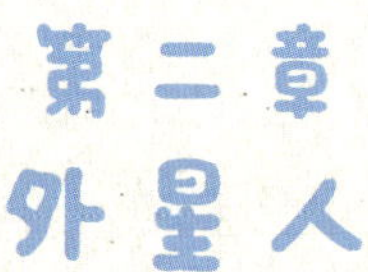

第二章 外星人

嘉斯不是沒有嘗試告訴其他人有關「未知世界」的事，但可惜始終沒人相信。本來立場堅定的嘉斯，也在大家一次又一次的揶揄嘲笑中退縮。因為這個世界只有魔法，從來沒人見過所謂的「未知生物」。

慢慢地，他不再提起此事，變成只屬於他的回憶。

時光飛逝，他從愛看書的「小嘉斯」，長大成拿起剪刀針線的「裁縫嘉斯先生」，再變成現在拿拐杖的「嘉斯爺爺」。

命運的安排真奇妙，他的小孫子——尼克，長得跟他年幼的樣子一模一樣。也許因為這樣，嘉斯才把與「未知生物」相遇的故事告訴了尼克。怎料尼克不但沒有覺得爺爺欺騙自己，而且自那天起，尼克對外星人的興趣，便一發不可收拾，並認為「未知生物」應該是「外星人」才對。

嘉斯爺爺卻因此很擔心。

因為現在尼克房間的書櫃，全是千奇百怪有關外星人的書，四處還放着外表奇特的人物小雕像。之前更聽說他在學校創立了一個名為「外星朋友同好會」的組織。

這真的沒有問題嗎？

嘉斯爺爺的煩惱，尼克一點也不知道，現時的他，正無視同學們嘲弄取笑的眼神，在凱修爾頓魔法學院走廊上，啪噠啪噠地跳，活像一隻在跳舞的蜜蜂。

此時一隻大手，不動聲色地把寫着「外星怪胎」的便條紙，從尼克的書包上撕走。而另外兩個身影正怒視那些壞心眼的同學。

三位分別是棕熊——高迪、芝娃娃——芝芝跟黑鼻羊——阿萊爾，他們全是「外星朋友同好會」的成員。恰巧「同好會」今晚舉辦活動，所以他們相約結伴放學。

突然，一個身影阻擋在他的身前，張口嘲弄道：「笨蛋們，還在玩什麼外星人遊戲嗎！」

芝芝勃然大怒，用喉嚨發出怒哮：「才不是遊戲，外星人是真實存在的！！！」芝芝身體瘦弱纖幼，長着小小的腦袋，以及不成比例的超大眼睛跟耳朵，經常被他人取笑長相怪異，但她對此很是自豪：「這證明我的確擁有外星人血統！」

怎料對方聽後不單沒道歉，更挑釁道：「哇，真是很可怕哦！我才不怕……」話還沒說完，芝芝便飛撲到對方身上。「啊呀啊啊啊呀！！！不！不要！對不起！放過我！」大家很有默契地遮眼不看，只有高迪以崇拜的眼神看着芝芝。

不一會，芝芝已經處理妥當。一行四人避過地上躺着的可憐蟲，開心地往尼克家的方向走。

尼克帶領眾人來到一間乾淨整潔的房間。這裡本來是嘉斯爺爺的裁縫房，但在爺爺退休後就空置了。這剛好讓「同好會」用來舉辦活動，交流外星人的情報。不過，今天不一樣，因為他們要召喚外星人！

大家分頭行動，高迪跟芝芝幫忙準備物資，阿萊爾製作橫額，而尼克拿着紙筆反覆檢查活動流程。

尼克手一滑，筆掉到地上，咕嚕咕嚕滾到旁邊的置物架。彎腰拾筆時，架子上的一個禮物盒引起了尼克的注意。盒子看來很古舊，上面顏料都褪色了。尼克忍不住好奇，打開了蓋子，發現裡面放着一個水晶球。

尼克把水晶球帶到眾人面前，「這水晶球，真的是漂亮極了！」大家都忍不住驚嘆起來。高迪突然靈機一動：「外星人可能會喜歡漂亮的東西，不如把水晶球帶上吧？」聽罷，大家紛紛點頭同意。

接着他們把物資拿到外面的空地，用發光的魔法石拼成「歡迎你　外星人」的字樣，旁邊是阿萊爾手繪的橫額，魔法留聲機正播放着美妙的音樂。

流星突然劃破夜空，短暫但光彩奪目，大家的目光都被吸引過去。又過了一會，尼克拿起水晶球，心中卻泛起疑惑：「這水晶球怎麼開始發光了？不過這樣更好，更能吸引外星人，真希望能遇到爺爺那時的外星人。」

彷如印證他心中所想，水晶球的光愈發璀璨。可惜外星人沒有出現，反倒是一個傳送門突然出現在尼克腳下。

「哎呀！」尼克直落而下，屁股砸地，痛得齜牙咧嘴。沒等他反應過來，背後卻傳來啪嗒啪嗒的聲響，這明顯是有東西在靠近他。

他膽戰心驚地轉過頭……

來者看來十分高興，大聲叫喊着：「刺蝟！是我最喜歡的刺蝟！」說罷就一把緊抱尼克。此舉嚇倒了尼克，他推開對方拔腿逃跑，但對方卻緊追不捨，房間的東西被他倆撞得東歪西倒，發出不小的聲響。

另一邊廂，「外星朋友同好會」的大家，眼看尼克掉進了傳送門中，都亂成一團，不知如何是好。大家七嘴八舌地提出意見「怎麼辦？要找大人來嗎？」「不！還是先找繩子吧！」

此時，尼克的呼叫聲從傳送門中傳來，大家都心中一驚。

「尼克我來救你了！」高迪雖然身材高大，卻膽小如鼠，但為了尼克，他還是鼓起勇氣把頭伸進去傳送門中觀察情況，可是不過幾秒，他也驚慌失措起來，因為尼克用極快的速度飛奔而至。

千鈞一髮間，高迪本能地捉住尼克的手，並一鼓作氣把他拉出傳送門。大家連忙上前，在得知尼克跟高迪沒有受傷後，都各自鬆了口氣。

「我遇上了『未知生物』！不！那一定是外星人！」尼克驚魂未定道。然而，大家目定口呆地指了指尼克身後：「那

不會就是你所說的未知生物吧？！」

果不其然，尼克轉頭一看，那『未知生物』就站在身後，好奇地東張西望。尼克他們飛快圍成一團。

高迪恐慌症發作，拿出隨身攜帶的白布蓋在身上，口中唸唸有詞：「放鬆！沒問題的！」

相比之下，芝芝跟阿萊爾冷靜得多，芝芝滿是疑惑：「那就是外星人嗎……怎麼跟我長得不太像？難道是品種不同？」而阿萊爾只是一言不發地站着，敵不動我不動。

尼克眨眨眼睛，若有所思地喃喃自語：「她看起來不太像會傷害人，要不我們走近一點，觀察看看？」

大家點點頭，說好了如果發現危險就馬上四散逃跑，然後謹慎地慢慢靠近。幸好，「外星人」沒有任何動作，只有看到尼克靠近後，才按捺不住興奮之情，緊抱着尼克。有了前車之鑑，尼克雖然還是有點驚慌但沒有推開對方，而是跟大家一起仔細觀察起來。

等等……大大的眼睛，四肢纖瘦修長，耳朵小小，只有頭頂上有毛髮。

「這不就是嘉斯爺爺小時候看到的『未知生物』嗎？」尼克興奮不已，手舞足蹈。

這時，那「未知生物」挺胸叉腰，語氣堅定說：「我叫菲菲，才不是什麼『未知生物』！」之後又興奮大叫起來：「太神奇了，動物們都會說話，難道這裡是《愛麗絲夢遊仙境》的世界嗎？」

相比「未知生物」……不！是菲菲的落落大方，尼克他們就更顯得侷促不安，遲疑地開口回應：「你好，我叫尼克。對不起，我不知什麼是『愛麗絲夢遊仙境』，但這裡是莫可帕米的西西亞鎮。」尼克說完，緊張地望向菲菲，好奇她的反應。

誰知道菲菲歪頭一笑，一把拉起尼克的手，興奮地上下晃動：「很高興認識你！尼克，我親愛的刺蝟朋友。」

也許是菲菲的熱情感染了大家，雖然大家還是有點彆扭，但不再緊張，紛紛開始自我介紹。

「我是有外星人血統的芝芝，如果你被人欺負請告訴我！我一定幫你！」

「我是高迪，如果你有什麼東西想搬，我一定可以幫上忙。」

「我是阿萊爾，如果有什麼東西損壞，我都可以幫忙維修。」

菲菲拍拍手：「太開心了！我多了四個新朋友，我一定要跟公公說。」她正想轉身告訴公公這個好消息，卻突然回過神來發現，她正身在一個陌生的地方，這裡沒有爸爸媽媽，更沒有公公婆婆，帶她來的傳送門早已消失不見。

大家都被這變故嚇壞，七手八腳想安慰菲菲，但都沒能成功。最後尼克決定帶菲菲去找嘉斯爺爺，因為嘉斯爺爺最懂安慰人了。

尼克借了高迪的白布蓋在菲菲身上，如果被別人知道這裡有外星人，那就大事不妙了，她可能會被捉走研究。

時間不早了，但幸好嘉斯爺爺在房間休息還未睡覺，聽到哭聲，他關切地問：「誰哭了？是受傷還是不舒服嗎？」尼克輕輕拉開白布，一下子，嘉斯爺爺跟菲菲都看清對方的長相。

嘉斯爺爺托了托眼鏡，震驚地看着菲菲：「這不是『未知生物』嗎？」而菲菲也破涕為笑地拿起自己的眼鏡刺蝟小斜包：「你跟我的小斜包一模一樣的！」

尼克馬上跟嘉斯爺爺解釋剛剛發生的事情，並遲疑地拿出水晶球：「我懷疑這是一個魔法水晶球，它發光後傳送門就出現了。」但此時魔法水晶球的光早已消失，這令尼克困惑不已，心中湧現不少疑問：「魔法水晶球跟傳送門是否有關？魔法水晶球為何會發光，光又為何會消失？」

嘉斯爺爺看到那魔法水晶球，雙眼一亮：「這水晶球是我的爺爺送我的 6 歲生日禮物，因為它太漂亮了，我怕會一不小心會打破，所以一直把它放在盒子裡珍藏，但倒是不知道它有魔法。」

聽罷，大家都拿起魔法水晶球仔細研究，但都沒有任何發現，尼克有些失望：「難道自己想錯了嗎？」但又馬上振作起來道：「我認識一個外星人專家，我們可以嘗試問問對方意見。」

尼克拿出一本筆記本，並唸出咒語：「言送千里」。筆記本隨即自動打開，並憑空出現一支羽毛筆，尼克拿過羽毛筆在空白頁寫上：

給世界沒有幽靈

我想問一些關於外星人的問題，

不知你能否解答我呢？

給外星利蝟

對不起，我現在沒時間，

我剛好收到《外星人起源傳說》的最新版本，

要不你明天來我家？

我們可以一起看書，順道解答你的問題。

給世界沒有幽靈

太好了，我也想看《外星人起源傳說》，

我跟朋友明天去你家吧！

給外星利蝟

好的！我家地址是在德洛文鎮的湖畔，

期待你的到來。

結束書寫後，大家好奇地問：「這位『世界沒有幽靈』是尼克你的朋友嗎？」尼克點點頭道：「我們是認識了很久的筆友，雖然從未見過面，但『世界沒有幽靈』經常給我郵寄很多外星人的書籍，人很好的。」

雖然嘉斯爺爺對尼克想找這位素未謀面的筆友感到憂心，但看到孫子自信的笑容，還有想到菲菲回家的問題，也只得同意此事。

第三章
自找麻煩

第三章　自找麻煩

第二天，大家都早早起床到尼克家集合，因為有嘉斯爺爺的陪同，所以今天的出遊已經得到各位家長們的同意。

昨晚菲菲藏在尼克的房間中，嘉斯爺爺給她準備了床鋪，好好睡了一覺，現在精神奕奕。

嘉斯爺爺弄了豐盛的早餐給大家享用，接着又拿了一套衣服給菲菲——那是一件刺蝟造型的外套，是嘉斯爺爺昨晚連夜趕工縫製而成的：「這樣別人就看不出你是外星人了。」菲菲雀躍萬分地穿上了外套，多虧嘉斯爺爺的精湛手藝，她現在變身成了一隻「小刺蝟」。

享用完早餐，大家就乘坐嘉斯爺爺的車出發。尼克把魔法水晶球也帶上，他總覺得這一定能派上用場。車子開動了，緩緩前行，沿路的風景如畫，大家都哼着歌，慷慨的菲菲更是從自己的小斜包拿出糖果跟大家分享：「一起來吃吧，這可是我最愛吃的味道。」在這樣歡快的氣氛，兩小時的車程很快過去。

但當他們到達目的地時，都嚇得呆若木雞。

「你的筆友有告訴你，他住在豪宅嗎？」芝芝用手肘輕撞尼克，沒等尼克回應，大門吧嗒一聲打開，一隻身穿筆挺西裝的老鼠管家優雅地走來。「嗯哼！請問是『外星刺蝟』先生跟他的朋友嗎？麥利先生早已等候多時，請跟我來。」

豪宅內富麗堂皇，老鼠管家帶着尼克他們穿過一條又一條的走廊，但沿途一點也不無聊，因為這裡到處都放滿有關外星人的收藏品，例如：絕版外星人海報、用魔法石雕刻而成外星人雕塑、傳說是外星飛船的碎片等等，真讓人大開眼界！

他們最終停在一扇設計華麗的房門前，老鼠管家輕敲房門，門應聲打開。映入眼簾的是一間金碧輝煌的辦公室，沒等尼克仔細欣賞，就被一道聲音打斷。「第一次見面，我是你的筆友『世界沒有幽靈』，我的姓名叫麥利。」說話的是隻黑白條紋的臭鼬鼠，他正優雅地飲用果汁邊跟尼克打招呼。

第一次與筆友見面，尼克興奮極了，他急不及待自我介紹：「你好麥利先生，我是『外星刺蝟』，我叫尼克。」

只見麥利手一揮，一旁的傭人上前把東西交給尼克，那是他昨天說好給尼克的《外星人起源傳說》的最新版本。麥利接着開口問：「你昨夜說有關『外星人的問題』是什麼呢？」

沉醉在書本中的尼克應聲抬頭，他輕輕把菲菲的刺蝟外套帽子拉下，麥利的表情由疑惑慢慢變成震驚，然後露出止不住的笑容：「這這這這……難道是外星人嗎？！這可是歷史性的大發現！」

尼克馬上點點頭：「菲菲是意外到來，我們正在找送她回家的方法。」想了想，尼克再次補充：「你對外星人研究細緻入微，所以希望你能幫幫菲菲。」

聽罷，麥利連忙點頭答應：「這當然可以，請菲菲小姐隨我到資料室，以確認外星人的品種，期間各位請放心在這裡等待。」麥利牽起菲菲的手轉身離開，臉上隨即露出一抹陰險至極的笑容。

待他倆離開，大家正想好好坐下休息時，突然警鈴大作，窗戶被落下的鐵欄封住，房門被用力踢開，一群傭人衝進來，手拿棍子的他們正不懷好意地慢慢逼近。

察覺情況不妙的芝芝馬上發動攻擊，咬住為首的傭人，並大聲疾呼：「高迪！撞開他們！」高迪一臉驚慌，但為了大家的安全還是雙臂交疊擋在身前，義無反顧地向前衝，不少傭人閃避不及被撞開，骨碌碌滾到一旁。大家立即跟在高迪身後並隨他衝出房門，沒想到外面的傭人也不少。

高迪只得繼續向前衝給大家開路，儘管他出盡渾身解數，但身後追兵依舊緊追不捨。加上年邁的嘉斯爺爺體力不支，無法跑得多遠。阿萊爾在腦海中飛快思考後，靠到尼克耳邊：「再這樣逃下去也不是辦法，不如你跟嘉斯爺爺先躲起來，再找方法通知麥利先生，讓他辦法停止這場騷亂。」眼看嘉斯爺爺氣喘吁吁的模樣，尼克馬上點頭贊同這方案。

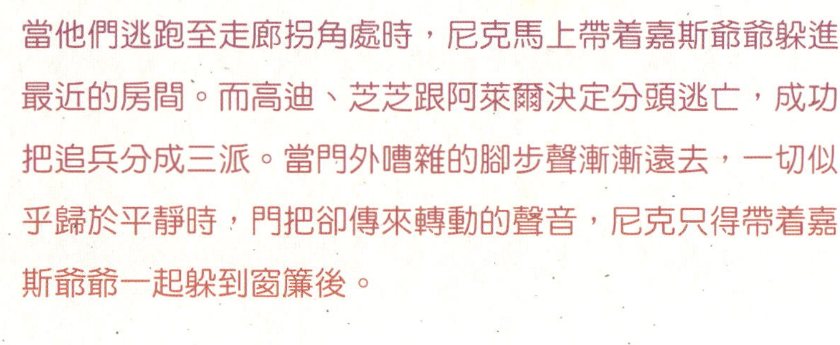

當他們逃跑至走廊拐角處時，尼克馬上帶着嘉斯爺爺躲進最近的房間。而高迪、芝芝跟阿萊爾決定分頭逃亡，成功把追兵分成三派。當門外嘈雜的腳步聲漸漸遠去，一切似乎歸於平靜時，門把卻傳來轉動的聲音，尼克只得帶着嘉斯爺爺一起躲到窗簾後。

噠噠噠 腳步聲在房間中迴盪，尼克摀住嘴巴，生怕對方發現自己。幸好腳步聲在他們附近的衣櫃前停下。沒想到，一道熟悉的聲音傳來：「不行不行！這些衣服都不適合！」

麥利把一件又一件的禮服扔到地上，轉頭命令身旁的管家：「給我馬上聯絡設計師，只要在發佈會上公開那外星人的存在，

我就能成為第一發現人而名留青史，電視、報紙和書刊上都會刊登我的照片，我絕不能穿上這些舊衣服！」他像是想到什麼，轉頭詢問管家：「那隻低等刺蝟跟他的朋友怎樣？絕不能讓他們找回那外星人！」

管家彎下腰恭敬地回應：「請放心，麥利先生。雖然那些低等生物逃跑了，但傭人們正全力追捕，相信很快就能捉住他們，而外星人正在二樓待着，有專人在看守。」

麥利冷哼一聲威脅道：「最好是這樣子，要不然你們今個月的薪金就沒了！」接着扭頭推開房門，揚長而去。

尼克全都聽見了，此刻的他終於了解發生的這一切。尼克沒想到麥利居然是個大壞蛋，他一邊踉蹌地從窗簾後走出來，一邊懊惱地喃喃自語：「糟糕！我們要馬上帶菲菲離開這裡！」

尼克跟嘉斯爺爺離開房間，東躲西藏地溜上二樓。果不其然，在某道門前守着兩名傭人，菲菲一定被關在那裡！但尼克苦惱地撓了撓頭，沒有芝芝跟高迪的力量，他和嘉斯爺爺不可能打倒看守的傭人。突然，尼克腦袋靈光一閃，他大聲叫嚷：「聽說如果能抓到入侵者，就能加薪金了。」之後馬上拉着嘉斯爺爺躲起來。

看守的傭人們聽到尼克說的話，果然動搖了，不到一會便跑走抓人去。尼克跟嘉斯爺爺眼看傭人離開，馬上跑進房間，卻看到菲菲好端端地坐着，美滋滋吃着她的小蛋糕。

看到菲菲安然無恙，尼克鬆了口氣，拉着菲菲的手帶上嘉斯爺爺就要離開。

他們一路小心翼翼躲開追捕的人，偷偷摸摸終於抵達大門。這時身後傳來陣陣吵鬧聲，原來是芝芝跟阿萊爾，他們剛好被追捕至此，剎那間，傭人們就把眾人包圍起來。

「勸你們乖乖投降，把外星人還回來！」麥利從傭人們中走出，卑鄙的神情表露無遺。尼克面露難色，因為敵人數量太多，他想不出方法突破重圍。敵人步步進逼，千鈞一髮之際，一個龐大的白色身影從旁閃出，正東歪西倒地往前衝。

尼克他們認得那身影，是高迪！想必他一定是恐慌症發作，只得把白布蓋在自己身上，好讓自己冷靜，但現在的他看起來就像隻……

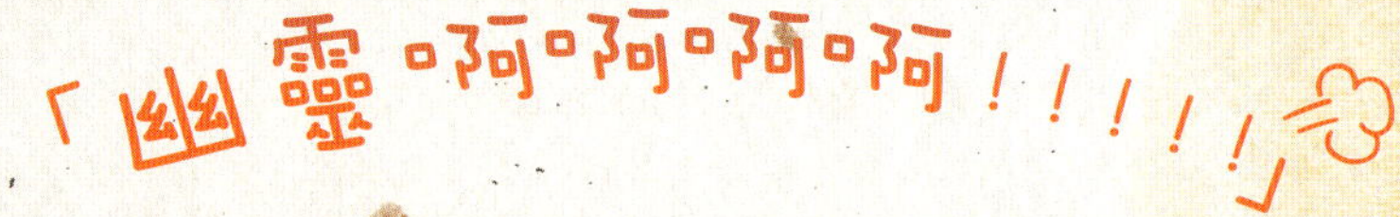

麥利發出驚天慘叫，噗——放屁後便兩眼一黑昏倒了。黃色的氣體伴隨強烈的臭味在現場擴散，濃烈的惡臭讓不少敵人嘔吐了，更有人倒地不起。尼克他們藉此機會，摀住口鼻強屁惡臭，推開大門向汽車的方向跑去。

嘉斯爺爺馬上發動汽車，他們終於可以逃離這個惡夢般的地方。雖然大家都受了不少驚嚇，但幸好都沒有受傷。眾人相視而笑，但卻無人發現，在菲菲的刺蝟外套衣擺上，多了一個不應存在的魔法追蹤器……

第四章 與外星人旅行

第四章
與外星人旅行

回程途中，尼克跟大家公開了麥利的惡行，大家聽後都憤恨不已，但同時陷入了迷茫。因為他們雖然成功逃走，但卻再沒有目的地，菲菲還是沒有回家的方法。

汽車在路上緩緩行駛，大家心情都不怎麼好，只有尼克在認真地查看地圖。過了一會他拍拍手道：「好吧！我們都去洛馬克拉村吧！」但大家當時都不明白，為什麼要到那裡去。

尼克拿起魔法水晶球解釋：「如果菲菲是被魔法水晶球帶來，那麼魔法水晶球必然是魔法道具了。洛馬克拉村以出產魔法道具而聞名於世，只要求助那邊的魔法道具技師，很可能會找到魔法水晶球的使用方法！」

聽罷大家都認為尼克的話很有道理，於是同意了這個目的地。但前往洛馬克拉村的路途遙遠，於是嘉斯爺爺把車停在路邊，拿出「傳聲石」通知家長們，因為還有想遊玩的地方，所以今晚他們會在外地留宿，明天才回家去。

這時，菲菲張大鼻孔，朝車窗外嗅了嗅，她頓時眉開眼笑：「這香甜的味道⋯⋯一定是牛油爆谷！」菲菲興奮得在汽車中上蹦下跳，不斷嚷着：「我要吃！我要吃！」然後她不作多想便打開車門，直奔那香味的來源，這把尼克他們嚇出一身冷汗，連忙下車追回菲菲。

菲菲跑得飛快，很快就來到一個小鄉村。原來這裡正在辦慶典活動，現場人山人海，到處都是前來遊玩的人。尼克他們氣喘吁吁地趕到，正想勸菲菲回到車上，但沒想到「咕！！！！！！！」大家的肚子都發出震耳欲聾的響聲，正當大家都尷尬不已時，有人輕拍了尼克的肩頭。

原來是後來追上的嘉斯爺爺，他眼角含笑：「大家都餓了，不如在這邊吃點東西。休息一會再出發吧。」這下當然無人反對，菲菲馬上拉上眾人覓食。牛油爆谷、士多啤梨棉花糖、蘋果糖、蘑菇批，大家都吃得津津有味。填飽肚子後，就有充沛的精力去玩了！旋轉木馬、咖啡杯、碰碰車……一樣都不能少。

嘉斯爺爺悄悄回到汽車上，拿出照相機「咔嚓、咔嚓、咔嚓」，一張張相片憑空出現，滿是孩子們歡樂的笑臉，嘉斯爺爺也久違地想起自己兒時跟「未知生物」相處的情境。

快樂的時光過得特別快，雖然不捨，但傍晚他們就回到汽車上，繼續旅程。今天大家早早起床，又在豪宅中受了驚嚇，雖然剛才玩樂讓他們情緒得以緩和，但精神早已疲憊不堪，坐上車子不久，孩子們便已呼呼大睡。嘉斯爺爺透過後視鏡，看到大家的東歪西倒的睡相，心中充滿溫暖。

夜幕降臨，流星落下，氣溫變冷。嘉斯爺爺打開了車子的暖氣，也放慢了行駛的速度。反正離洛馬克拉村還有一段路程，這個時候正好讓大家休息。

——突然一聲巨響在車子旁邊爆開，雖然車子沒有被直接擊中，但還是失控地左右飄移。孩子們紛紛從夢中驚醒，睡眼惺忪到處張望。

「糟糕！是那隻可惡的臭鼬鼠，他追來了！」芝芝指向車子後方的天空大叫道。

原來，麥利還是沒有放棄他邪惡的計劃，不死心地帶着傭人追來。他們坐在魔法飛氈上，正全力追上嘉斯爺爺的車子，麥利指揮着傭人慢慢包圍，但孩子們當然不會讓對方得償所願，大家紛紛拿起可用的東西，雨傘、球棒、精油噴霧劑……推開嘗試接近車子的敵人。

但還是有敵人捉住車門了，幸好都被高迪拉扯開。「啊呀！」菲菲突然發出驚叫，原來有敵人突破防線，正抓住她的手，用力地把她拉出車外，坐在旁邊的芝芝邪魅一笑，露出她雪白的尖牙，一口咬下，然後「咦啊啊啊啊！！！！」敵人吃痛鬆手，連爬帶滾地掉到馬路上。危機瞬間解除，菲菲心存感激地抱着芝芝。

儘管嘉斯爺爺催快了油門，還是沒能擺脫身後追兵。敵人更開始用魔法道具進行攻擊，一個個火球在車子旁邊爆開。為了閃避攻擊，嘉斯爺爺只得把車子左右扭動，孩子們在車子內被甩得橫七豎八，**「咕嚕咕嚕——」** 連魔法水晶球都在車中到處滾動，尼克馬上拾起它緊抱着，生怕出現任何損毀。

轟轟轟——又有幾個大火球在汽車前方爆開。前路被擋，嘉斯爺爺馬上往右大轉彎，駛向路邊的大草原，草地不如馬路般平坦，沙石令車子異常顛簸，抖得大家屁股生痛。

「怎麼好像愈來愈熱？」高迪疑惑地擦着額頭上的汗，往後一望差點昏過去：「天啊！他們在放火！」麥利竟然命令傭人在草地上放火，然而車子駕得多快也比不上草燒起來的速度，一個巨大的火圈慢慢形成，把汽車困在其中。

「哼！我勸你們還是乖乖交出外星人吧！」

麥利囂張放話，他就不信這次孩子們還能逃出他手掌心。

尼克絕望地緊抱着魔法水晶球，而水晶球在剛才就開始發出光芒。他不甘心，明明就差一點就能到達洛馬克拉村，他還未弄清楚魔法水晶球的使用方法啊！

剎那間，魔法水晶球發出耀眼的光芒，一個巨大的傳送門在車子的下方出現了，尼克他們連人帶車掉進其中。傳送門隨即關上，只留下目瞪口呆的麥利跟他的傭人們……

第五章
洛馬克拉村

第五章
洛馬克拉村

「哐噹——」車子掉到一個草地上，大家驚魂未定，搞不懂發生什麼事。但小心觀察一會，並未發現麥利跟他的傭人們，才放鬆下來。大家開始下車查看情況，空氣中傳來陣陣涼意，周圍長着零星的樹，無法判斷所在地。

尼克突然驚呼：「啊！我知道了！這裡是星落峰的附近！你們看看那邊！」他指向前方一座高入雲霄的山：「洛馬克拉村就在星落峰附近！我們找找看吧！」

果然，在他們四處查找一會後，就發現不遠處有點點亮光。嘉斯爺爺馬上開車載着大家朝那光亮處出發。尼克望向再次失去光芒的魔法水晶球，心中無比確定，這一定是魔法水晶球的能力。

很快汽車就停下，這裡的確是洛馬克拉村，但他們卻被擋在村口。「洛馬克拉村只有魔法道具技師才可以進來！」看守者大聲驅趕他們，不管尼克他們如何哀求也無動於衷。尼克腦子飛快地轉動起來，想出一個好方法。

只見尼克高舉魔法水晶球，略帶遺憾道：「這個魔法水晶球可是全世界前所未見的魔法道具，我本以為你們會有興趣研究，但看來是我想太多了……」說罷就轉身裝作要離開。

「等等！」只見一位貓頭鷹伯伯從人群中走出，其他人見狀都彎下腰來敬禮。只見他慢慢走到尼克身前，輕輕地捧

起魔法水晶球仔細看，之後眼睛就亮起來了，開心地對着尼克說：「請務必來我家坐坐，我會替你們準備食物跟茶水。」

貓頭鷹伯伯邊走邊說：「我叫歐圖，是這裡的村長。」他帶領孩子們到一間木屋前，推開門把大家都迎進房子中，而嘉斯爺爺也把汽車停好在歐圖的房子旁。

歐圖的屋裡到處都放着些製作魔法道具的物料：魔法石、精靈粉跟雕塑工具等等隨處可見。這些東西引起了阿萊爾的興趣，不禁讚嘆：「這裡真是個大寶庫，我也想有一個像這個的工作室呢！」

此時的歐圖穿好了工作服，走到工作桌前，小心翼翼地把魔法水晶球放到桌上。他拿出了一排排的工具，戴上放大鏡，開始對魔法水晶球進行深入的研究。「天啊！！！」「真美！！！」研究期間，讚美的話不斷從歐圖的嘴巴傳出。

不一會兒，歐圖就檢查完畢，他激動地表示：「這魔法水晶球的結構十分複雜，裡面的魔法陣看來是用以空間轉移，但發動空間轉移魔法需要十分強大的能量，難道是使用大量的魔法石？還是太陽或月光？」接着連忙搖搖頭道：「不不不不！應該是一些更閃耀更快速的能量。」

「不！是流星雨！」尼克跳了起來，他想起來了！不管是把菲菲帶來的那夜，還是剛剛麥利攻擊時，天空都同樣出現了流星雨。下一秒又低下頭思索，「但移動地點是如何決定的呢？兩次發動魔法水晶球時的共同點是什麼呢？」

第一次，是在召喚外星人儀式中，自己在想：「如果可以看到爺爺兒時遇到的外星人就好了。」

第二次，是在不久前，被攻擊時在想：「差一點就能到洛馬克拉村。」

尼克一下想通了，他拿起了魔法水晶球，閉上眼睛默念着：「我要到洛馬克拉村村口。」但什麼都沒發生，他疑惑地看着魔法水晶球，並再嘗試多次，但還是什麼都沒發生。尼克在想：「難道是流星雨結束了嗎？」

他拿着魔法水晶球走出屋子，天上的流星雨還在落下。這時，魔法水晶球中的星星，開始湧現一些發光的液體。不一會，發光液體便填滿了星星。

尼克再度閉上眼睛，心裡想着：「我要到洛馬克拉村村口。」霎時間，傳送門在尼克腳下憑空出現了，他掉下去就消失了，只剩下大家面面相覷。但不一會兒，房子外花園的上方又再出現了傳送門，尼克再次從傳送門中掉出來。然後尼克興奮地向眾人宣布：「我弄清楚魔法水晶球的使用方法了！」

1 流星雨是魔法水晶球的**能量來源**。

2 在流星雨的光照耀下，魔法水晶球中的星星能吸取流星雨的能量並儲存，星星會漸漸**發亮**。

3 吸滿能量的魔法水晶球能進行**兩次穿越**。如果只吸取到一半能量，只能進行一次異世界穿越，能量用完後，魔法水晶球的光芒便會消失。

4 使用時，必須跟魔法水晶球接觸，並在心中念想**目的地**。

5 傳送門會在使用者的下方出現，開啟後**兩分鐘**便會自動關閉。但如果使用者跟魔法水晶球的接觸中斷，傳送門就會馬上消失。

這下終於能把菲菲送回家了，尼克樂呵呵地跑到菲菲身邊，正打算使用魔法水晶球時……「轟隆！」突然，一道雷劈向嘉斯爺爺的汽車，頓時火光四起，在汽車附近的嘉斯爺爺更被爆炸的衝擊彈飛至幾米遠。

大家還未來得及反應，天上突然跳下來一堆人，原來是麥利和他的傭人們再次追來了。傭人們手拿武器對準孩子們，連倒地不起的嘉斯爺爺也沒能逃過一劫。

啪啪啪啪——麥利拍着手從人群中走出:「真的萬分感謝,你們如此努力替我找到外星人,還送我這個神奇的魔法水晶球哦～」說罷,他一手把魔法水晶球搶走,再粗暴地捉住菲菲。

尼克的力氣不及麥利,拉不住菲菲,他只好緊抓着菲菲的的刺蝟小斜包,但最後小斜包都承受不住,發出刺啦刺啦的破裂聲後,四分五裂地掉在地上。

麥利邪笑地捉住菲菲,拉起她的刺蝟外套,拿出偷放的魔法追蹤器,再丟到地上用腳踩爛:「如果你們再來打擾我偉大的計劃,這就是你們的下場!」

麥利高舉魔法水晶球，望着菲菲壞心地說：「我們回家吧。」傳送門很快出現，麥利便帶着菲菲跟魔法水晶球，呵呵大笑地和傭人們穿過傳送門，一併揚長而去。

孩子們馬上跑向昏倒的嘉斯爺爺身邊，歐圖也拿着醫療箱前來協助。幸好經過檢查後，嘉斯爺爺只是擦傷跟過度疲倦而暈倒，只要包紮傷口再好好休息一會就好了。

把嘉斯爺爺安置在床上後，歐圖把孩子們帶到客房休息，他拿出一些被鋪跟毛氈，鋪墊好讓大家睡覺休息。

今天大家都忙了一整天，早已體力透支，一碰到被鋪就睡着了。待大家都睡了，尼克睜開眼，躡手躡腳地離開房間，最後在房子大門外的長椅坐下來，靜靜地看着菲菲遺下且支離破碎的刺蝟小斜包。

突然，一件外套披了在尼克的肩上，原來是歐圖發現尼克出門了，不放心所以跟來。尼克本來只默默地看着歐圖，但不一會眼淚就像流星般落下。

「這一切都是我的錯……如果不是我一直要找外星人，這一切都不會發生！如果不是我拿了嘉斯爺爺的魔法水晶球，菲菲就不會被捲進我們的世界。如果不是我錯信麥利，非要找他幫忙，大家就不會受到攻擊、遭遇危險，菲菲不會被捉走，爺爺也不會受傷。」

歐圖看着漂亮的夜空，幽幽開口道：「這個世界很大，每天都會有新的事情發生，我們總會為事情作決定，但我們很多時候都會作錯決定，因為我們都是只是渺小的生物。

就好像製作魔法道具，總是不會順利地一次成功，而是從一次又一次的錯誤決定中修正，學習並且改善，最後才能達到最好的結果。而我們總能這些錯誤中學習，成為一個更好的人。

你不需要為自己的好奇而慚愧，好奇是一件好事，能讓大家前進、發現新事物，同時也不需要把別人做壞事的責任背負在身上。他壞，不是因為你，也不是因為外星人，而是他自己的決定要做壞事。

再說，我覺得你的朋友們，都不會覺得是你的錯。不信的話，你現在親自問問他們。」說罷，歐圖把半掩的大門推開，原來孩子們都醒來了，正偷偷躲在門後偷聽。

眼看被發現了，大家都一股腦衝到尼克身邊抱着他，大家都七嘴八舌地搶着說話：

「我最喜歡跟大家一起了！跟大家一起聊外星人，真是我最快樂的時光，如果沒有你，我絕不會如此快樂。」

「對啊，如果不是有你，我們才不會遇到外星人，這經歷真的太了不起。」

「今天的經歷簡直好比冒險小說，太好玩了！不過如果下次再遇到那幫壞人，我一定要咬爆他們！」

感受到大家的安慰，尼克不再難過，心中暖呼呼的，破涕為笑。

「大家也沒事嗎？」一聲問話從門邊傳來，是嘉斯爺爺，他經過休息後狀況好多了。孩子們看到他醒來都很開心，

尼克走到嘉斯爺爺身邊抱着對方：「你沒事真是太好了！身體還痛嗎？對不起！菲菲被麥利他們捉走了！」

嘉斯爺爺輕輕撫摸着尼克的頭，用自己的方式安慰尼克。

第六章

菲菲大危機與UFO

第六章
菲菲大危機與UFO

「呃哼！對不起打擾你們的溫情時間，但有些東西我想你們需要知道。」歐圖用手指向屋內，大家隨他進房子並走到電視機前，螢幕正播放着新聞報道。

「現在插播一則特別報道，德洛文鎮的首富麥利先生，將在明晚於魔法與天文歷史博物館舉行一場特殊演講。據他本人所說，這次的演講將會震撼世界，敬請各位期待。」

「天啊……麥利打算在明晚當眾公開菲菲嗎？！」尼克失聲慘叫，開始胡言亂語：「一旦菲菲的存在被公開，那她很可能會被抓去研究，要送她回家就變得不可能了！怎麼辦呢？」

「我們必須去救菲菲，要馬上回到德洛文鎮！！！」尼克大聲叫喊，隨即又煩惱地按着頭道：「但嘉斯爺爺的汽車已被炸飛了，魔法水晶法也被搶了，我們沒有別的移動工具！」大家都苦惱起來。

這時歐圖舉起手：「如果是移動工具的話，我的大工房那邊，應該有樣物件適合你們哦！」

大家跟着歐圖到大工房，工房的中央放着一台有着複雜結構的物體。「這是魔法傳動裝置，是移動魔法道具的核心，我正在維修它，就差一些零件跟新的外殼，如果你們能協助我，明早我就能交出一台讓你們移動的工具哦。」歐圖自信滿滿地說。

阿萊爾慢慢地抬起手：「我來協助你吧，我對自己的手藝有信心。」接着轉頭拍拍尼克的肩：「移動工具就放心交給我，但拯救菲菲的計劃就靠你們了！」

「嗯！」大家都拿出一隻手並互相交疊，尼克更大叫一聲：「加油！！！」

這時，歐圖拿了一個大布袋交給尼克：「裡面都是一些魔法道具，應該能幫助你們，就當是你們給我看了點有趣東西的謝禮。」

就這樣，大家開始分頭行動，尼克拿了一些紙筆，開始描畫着魔法與天文歷史博物館的平面圖。眾人看到此舉，都好奇尼克為何會知道博物館的結構，尼克則一臉茫然：「我以前曾到那裡參觀，當時拿過博物館的平面地圖，看過後就記住了。」大家都不禁訝異尼克的記憶力竟然如此驚人。

尼克在努力繪製地圖的同時，大家亦開始構思行動方案，並研究布袋中的魔法道具，嘗試想出一個萬全的方法救出菲菲。

嘉斯爺爺給大家準備熱巧克力，順道借了針線，縫補破損的刺蝟小斜包。突然，一個小卡套從小斜包的破洞中掉出，上面放了張照片，菲菲站在中間，旁邊應該是她的家人。這時，嘉斯爺爺看到角落的「未知生物」，那人的左臉有一塊大紅斑，雖然樣子跟兒時看到的不一樣了，但嘉斯爺爺很確定，那的確是兒時遇到的「未知生物」。

嘉斯爺爺不可置信，喃喃自語道：「難道菲菲是他的家人？這莫非是命運的安排？」想到這裡，嘉斯爺爺下定了決心，一定要安全把菲菲送回家，好讓她跟家人重逢。

不知不覺，太陽從地平線緩緩升起。大家昨夜苦思冥想，終於想到一個好方法，現在就只差移動工具了。大家再次回到大工房，打算查看歐圖跟阿萊爾有什麼進展。誰知，大門一開，大家都發出驚豔的呼聲。

歐圖堅定地看着阿萊爾：「這羊小子可真有成為魔法道具技師的天賦！」但又難為情地看着眼前的移動工具，抓了抓下巴道：「不過我看不太懂年輕人的品味……」

「天啊！是 UFO 啊！這也太酷了吧！」原來阿萊爾按照自己的喜好，把移動工具的外形弄成 UFO 的樣子，使得孩子們都歡樂地圍着 UFO 又跳又叫。

不過，他們也知道自己的任務，現在不是玩樂的時候。所以跟歐圖道謝後，大家都跑到 UFO 上坐好。

阿萊爾坐在駕駛座，啟動引擎，UFO 緩緩起飛，但緩慢的速度令大家忍不住擔心，如果趕不及發佈會前救出菲菲就糟糕了！

阿萊爾沒有回應，只是在控制台上按下一個紅色的按鈕。突然安全帶從坐位後冒出，並精準地把大家綁在座位上，下一秒 UFO 便以異常飛快的速度劃破天空。

「哇啊啊啊啊啊！！！」淒厲的慘叫聲在天空上回蕩着。

不消半小時，UFO 如同閃電般降落在山中，門啪的一聲打開，大家東歪西倒地走出來，身上的毛亂得像是被大風吹過似的，只有阿萊爾幸免於難。高迪撐不住倒在地上，芝芝順勢倒在他的肚子上，瞬間被高迪的毛包裹住。

尼克很快從暈眩中恢復過來，他站起來眺望下方的城鎮，其中最高的建築就是魔法與天文歷史博物館。

大家的眼神滿是堅定，一切成敗都看今晚。

第七章
營救計劃開始

第七章
營救計劃開始

天色漸晚，魔法與天文歷史博物館的大門前燈光閃爍，受邀請的客人穿着華麗禮服，紛紛走過紅地氈進入會場。

帶着背包的尼克他們悄悄地繞過正門，來到建築物的後方。在茂密草叢包圍下，阿萊爾用魔法萬用匙打開了牆上一道不起眼的門。門後是一條往下的樓梯，一行人便輕聲地向下走。走到最下層時，四周漆黑一片，大家都有默契地從背包拿出魔法眼鏡戴上。透過鏡片看到的景象無比清晰，甚至遠方的人影也能有所感知。

尼克拿出事先準備好的地圖，再次講解任務：「我們身在地下一層，而根據魔法眼鏡顯示，警衛人數最多的地方是六樓，所以菲菲很大機會被關在六樓的某個房間，魔法水晶球極有可能在附近。」

他看了看大家後，繼續分派工作：「我們人太多了，一起行動會很容易被發現。我們分頭行事，芝芝跟高迪一組，而嘉斯爺爺、阿萊爾跟我一組。」

「再次說明行動目標，我們要不被發現，躲開警衛，到達六樓偷偷救出菲菲並奪回魔法水晶球後溜走！期間請使用通訊器保持聯絡。」

大家達成共識後便開始兵分兩路、東躲西藏的往六樓出發。芝芝跟高迪合力來到三樓，正當他們打算繼續往上時，卻被身後的一把聲音喝斥打斷。

「是誰！」原來因為高迪身形龐大，一不小心就被兩名警衛發現了。高迪頓時無比慌亂，掉頭就跑。警衛當然也不會放過，緊追其後。

你追我跑，追逐一會後，警衛失去了高迪的蹤跡，卻發現一隻嬌小瘦弱的芝娃娃，她張大水汪汪的眼睛，可憐兮兮地說：「叔叔，我跟媽媽走散了，我很害怕。」

狼警衛十分同情並安撫芝娃娃，但另一位浣熊警衛不以為然表示：「現在可是發現了『可疑人員』，還是要小心點比較好啊。」但狼警衛馬上反駁：「怎麼會？你看這孩子這麼嬌小可愛，難道她會咬……啊啊啊啊！！！！」

就這樣芝芝輕鬆地打倒了兩名警衛。芝芝跟高迪合力把昏倒的兩名警衛關進了房間，並搶了他們的制服穿上。

而尼克他們，雖然順利地潛行至六樓，也成功用魔法眼鏡找到菲菲身在的房間，但此處警衛人數真的是太多了，根本無法偷偷前進。

這時，他們從背包中拿出一個隱形扣針，只要戴上扣針就能隱身，但功效只能維持十分鐘。

尼克再次拿出地圖，並拿出紅筆畫了一條路線：「我們要在十分鐘內，穿過重重看守並進入房間救出菲菲後逃離！」說罷，三人便各自戴上了隱形扣針，開始突破警衛的防線。

尼克跟阿萊爾因為身材輕盈，前進毫無難度，但這對上了年紀的嘉斯爺爺可是件苦差。

天啊，嘉斯爺爺不小心撞到一個警衛了！那個警衛疑惑地看着四周，但又什麼也看不到。

嘭！他以為是旁邊的警衛對他惡作劇，所以打了對方一拳。被打的警衛先是疑惑，但馬上就打回去，終於他倆互毆起來了。

尼克他們有驚無險地走到關着菲菲的房間門前，輕輕打開門溜進去了。

在寬敞的房間中央放着一個很大的鐵籠子，外頭用紅絨布蓋着。魔法眼鏡顯示菲菲就在其中。而鐵籠的旁邊有着一個白色平台，上面放着被搶去的魔法水晶球。

時間有限，尼克跟阿萊爾分頭行動。阿萊爾跑到白色平台前，從背包拿出一個魔法水晶球仿製品，用極快的速度把兩者調包，再把真正的魔法水晶球收到背包中。

而尼克則跑到鐵籠子旁邊，小心翼翼地揭起紅布的一角，用魔法萬用匙開鎖。然後，尼克走進鐵籠內，看到害怕得躲在一角的菲菲，尼克上前輕柔地拍了她一下。

突然被碰，但又沒看到任何東西，菲菲嚇得快要哭出來了。尼克馬上把自己的魔法眼鏡給菲菲換上，透過魔法眼鏡，菲菲終於看到尼克，馬上激動地抱緊對方。雖然尼克很想好好安慰菲菲，但時間有限，要馬上離開。

尼克正要幫菲菲戴上隱形扣針時，鐵籠的紅絨布卻突然被揭開，警衛確認了菲菲的情況後，對着通訊器報告：「確定外星人還在，現正進行轉移。」之後把紅絨布再次蓋回去。

鐵籠底下的輪子轉動起來，因為突然被移動，尼克站不穩撞向了鐵籠的一角，手中的隱形扣針也掉到地上，隨即就被不知情的警衛踩碎。鐵籠被帶出房間並進入大堂盡頭的電梯，警衛按下了「二樓宴會廳」的按鈕。

阿萊爾跟嘉斯爺爺看到計劃出現差錯都嚇呆了，但很快回過神來，他們本打算跟鐵籠一起移動，但躲避警衛浪費了不少時間，只能眼睜睜望着電梯門在他們面前關上。

這時他倆發現，警衛們正目不轉睛地看着他們！原來十分鐘已到，隱形扣針失效了，他們無所遁形了。警衛正要一擁而上捉他倆，怎料警衛群中衝出兩個身影，並快速地往地上拋出一個球，爆開的球在空氣中釋放出粉紅色的粉末，一張大白布隨即蓋在阿萊爾和嘉斯爺爺身上。

那兩個身影也在白布裡面！原來是芝芝跟高迪來救他們，芝芝驕傲地說：「那些粉末是遺忘粉，只要碰到就會忘記自己要做的事情。」聽見布外沒有動靜，高迪便把白布拿下來，而警衛們都變得渾渾噩噩。

「糟糕！我們要快點追回尼克跟菲菲！」阿萊爾心急如焚：「快跑到二樓去！」他拿出快速粉往大家的腿上灑，雖然只有兩分鐘功效，但功效十分顯著，大家都像閃電般飛奔，正好趕上電梯。

抵達二樓後，眾人躲在角落偷看，警衛正推着鐵籠走向宴會廳，只要穿過前方的那扇門，就到達宴會廳的後台，到時候要救出尼克跟菲菲就會難上加難。

換上了警衛制服的高迪此時在角落衝出，截停了推鐵籠的警衛，他清了清喉嚨道：「大樓出現了入侵者，我要求查看你的證件！」

趁着高迪在拖延警衛，尼克收到阿萊爾的指示，小心翼翼地打開鐵籠的門，帶着菲菲溜走。臨走前，尼克還貼心地在鐵籠中留下了一份禮物。

看到朋友成功逃出，高迪也就讓警衛跟空鐵籠離開了。大家馬上溜進旁邊的雜物房，菲菲看到大家而喜極而泣：「嗚嗚嗚……我還以為再也見不了你們，那壞蛋鼬鼠很恐怖啊……」

嘉斯爺爺輕拍菲菲以作安慰，並把修補好的刺蝟小斜包還給她，菲菲驚喜地眨眨眼，歡天喜地的她馬上把刺蝟小斜包背上。

另一方面，麥利站在宴會廳的台上進行演講，他娓娓道來：「我千辛萬苦地探求未知，不惜攀山涉水，經歷重重困難，終於在近日得到突破性的發現！」他拍拍手，示意警衛把鐵籠推到台上。

「大家一起來見證奇蹟吧！」說罷，就把鐵籠的紅絨布拉開，本以為大家看到外星人後都會震驚不已，引發全場哄動，但只見眾人竊竊私語，不知是誰發出一聲嗤笑，接着變成哄堂大笑。麥利疑惑地看向鐵籠。鐵籠中沒有什麼外星人，只有一隻穿着囚衣的臭鼬鼠娃娃。

麥利暴跳如雷，馬上命令警衛追截可疑人士，並按下紅色警報按鈕。頓時大樓紅燈閃動，警鈴大作，所有窗戶跟對外出口都被鐵欄封上。

尼克他們本來快要回到地面，但「哐噹」一聲，鐵欄就無情地把出口封住。「他們一定是發現菲菲不見了，我們必須想出另一條逃走路線。」尼克懊惱地說，但又突然想到：「啊！魔法與天文歷史博物館的頂層是望遠鏡觀景區，那邊的圓拱屋頂可以打開，我們可以從那裡逃走！」

阿萊爾把剩餘的快速粉全倒在大家的腿上，大家一下子就從地下一層跑到頂層。尼克連忙跑向控制台，啟動打開圓拱屋頂的開關，屋頂緩緩打開，漂亮的夜空跟不斷落下的流星雨漸漸映入眼簾。

而這時在警衛監控室的麥利，看到代表頂層的圓拱屋頂提示燈閃動着，打開監測器一看，果然發現了尼克他們的蹤影。「該死的小鬼們，我絕不會放過你們！」麥利咬牙切齒帶着警衛前去抓人，但電梯只能乘載七人，所以只有六名警衛跟隨麥利乘搭電梯，其他人只得費力跑樓梯。

「叮噹──」電梯很快到達目的地。麥利看到尼克就破口大罵：「很快就會有大量警衛上來，你們跑不掉的！乖乖受死吧！」語音未落，樓梯那邊就已湧出大量警衛，阿萊爾馬上拿出一個綠色的球往他們的方向拋，綠色的粉末在球爆開後四散漂浮，而警衛們全都像中了定身魔法般動彈不得。

現在只得尼克他們跟麥利和他帶來的六名警衛尚有行動能力。麥利邪惡一笑，嘲弄地拿出早被調包的魔法水晶球道：「就算找到外星人又如何？你們又沒有魔法水晶球，要怎樣送她回家去？」

阿萊爾冷靜地從背包中拿出真正的魔法水晶球。麥利不敢相信：「怎麼會……怎麼會有兩個魔法水晶球？！」再仔細一看，阿萊爾手上的水晶球，正吸收流星雨的能量而發亮。反觀自己的水晶球，毫無反應，麥利瞬間反應過來自己手中的是冒牌貨，便憤怒地丟下使其粉碎一地。

「把外星人跟魔法水晶球都給我搶回來！！！」

麥利發出刺耳的吼叫，身邊的警衛們馬上展開行動，有些跑去捉菲菲，有些則去搶魔法水晶球。

「散開！」尼克一聲令下，孩子們都往不同的方向跑，魔法水晶球就在他們手中傳來傳去，如同在玩拋接球遊戲般

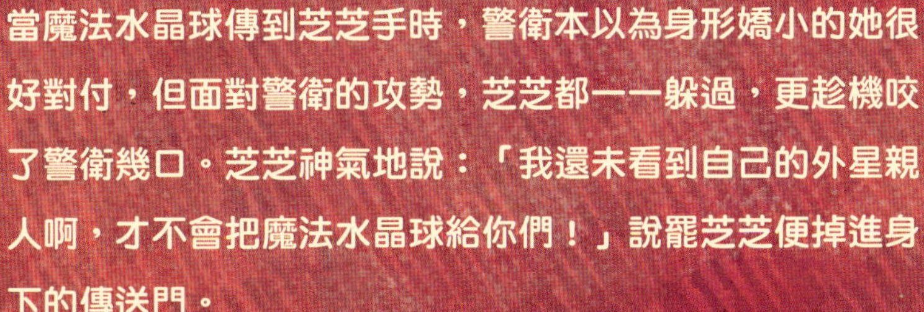

當魔法水晶球傳到芝芝手時，警衛本以為身形嬌小的她很好對付，但面對警衛的攻勢，芝芝都一一躲過，更趁機咬了警衛幾口。芝芝神氣地說：「我還未看到自己的外星親人啊，才不會把魔法水晶球給你們！」說罷芝芝便掉進身下的傳送門。

芝芝瞬間來到一個城鎮，那裡的居民樣子很奇特，皮膚灰白也有綠色的，頭很大，四肢瘦長，還有不合比例的黑色大眼睛。芝芝眼神發光：「這些不就是我的親人嗎？」就在她正要跟對方來一場感人的相認戲碼時，一條繩圈從傳送門中飛出，並精準地套住芝芝，秒速把她拉離傳送門，傳送門隨即關上。

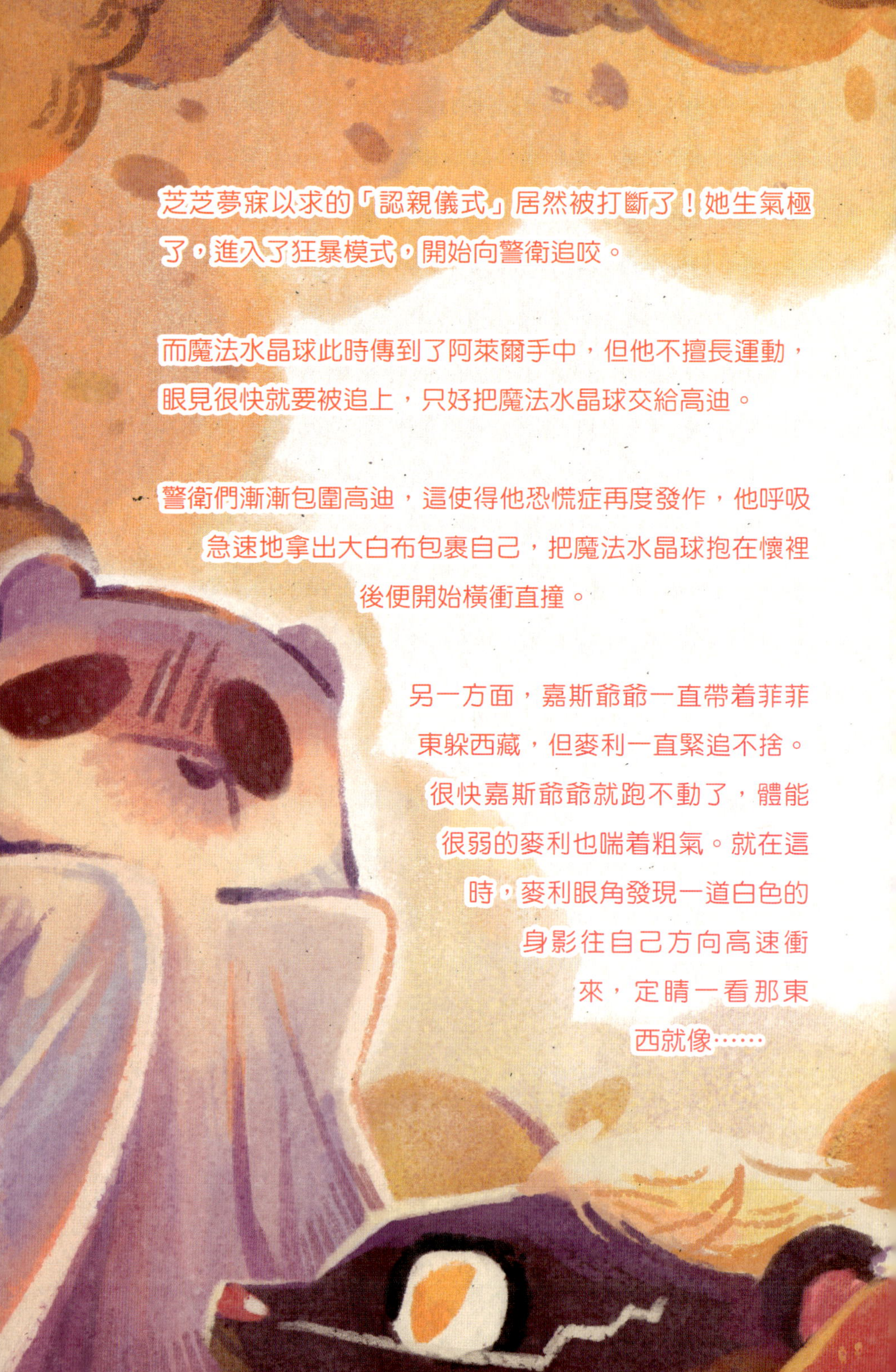

芝芝夢寐以求的「認親儀式」居然被打斷了！她生氣極了，進入了狂暴模式，開始向警衛追咬。

而魔法水晶球此時傳到了阿萊爾手中，但他不擅長運動，眼見很快就要被追上，只好把魔法水晶球交給高迪。

警衛們漸漸包圍高迪，這使得他恐慌症再度發作，他呼吸急速地拿出大白布包裹自己，把魔法水晶球抱在懷裡後便開始橫衝直撞。

另一方面，嘉斯爺爺一直帶着菲菲東躲西藏，但麥利一直緊追不捨。很快嘉斯爺爺就跑不動了，體能很弱的麥利也喘着粗氣。就在這時，麥利眼角發現一道白色的身影往自己方向高速衝來，定睛一看那東西就像……

「幽靈啊啊啊啊！！！！！」

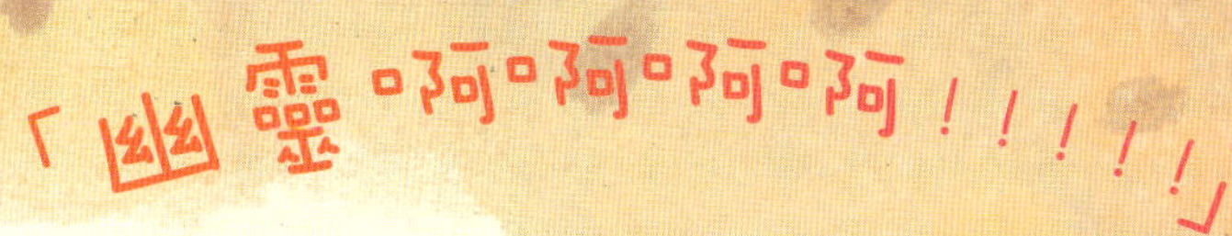

麥利再次發出驚天慘叫，在暈倒前放了一個大臭屁。剛好一陣風吹來，把臭屁全吹往警衛方向，警衛們都被熏得邊吐邊昏，一副要死的樣子。尼克跟阿萊爾當機立斷地拿繩索把警衛們都綁起來。

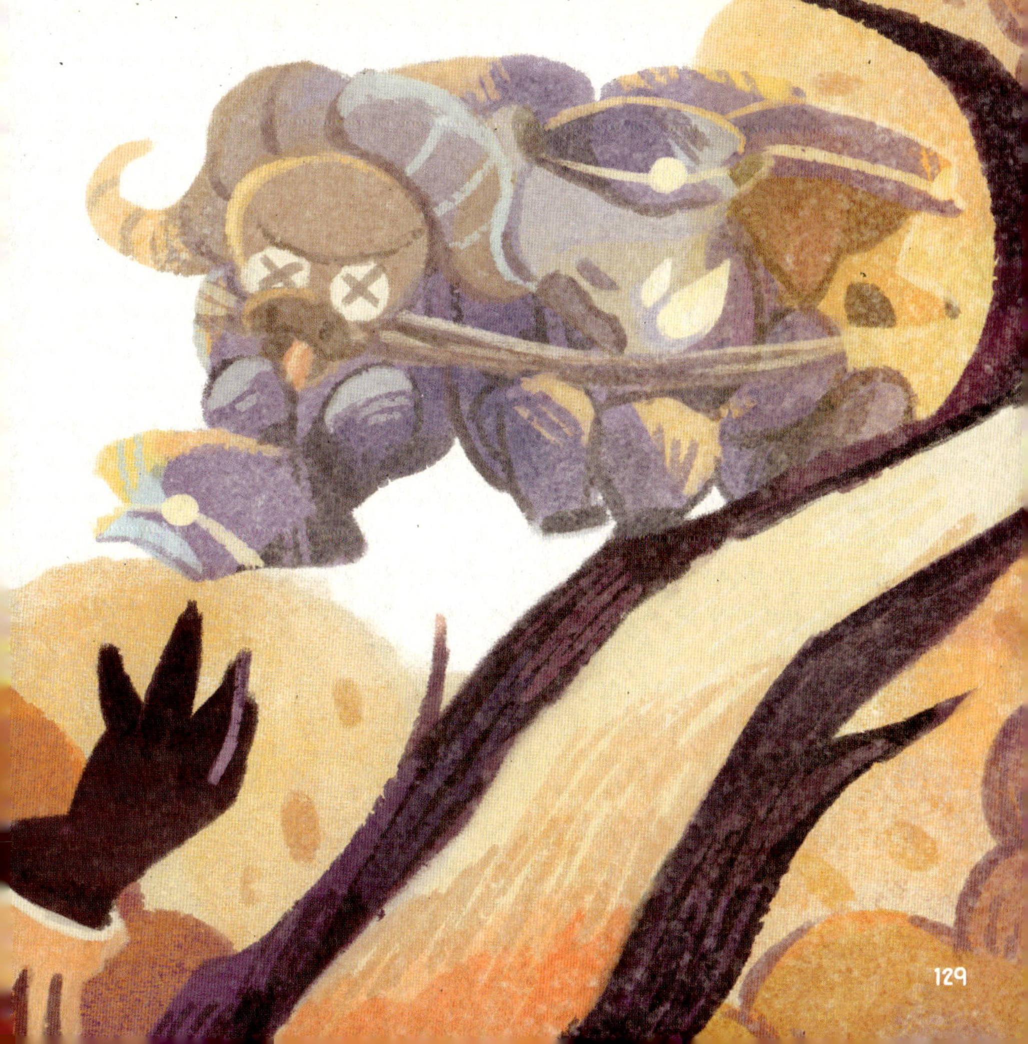

第八章
離別

第八章
離別

魔法水晶球的能量又重新補滿了，時間緊迫，大家決定要馬上把菲菲送回家。嘉斯爺爺把繩索綁在自己的腰上，另一端則由孩子們拉着。這時，菲菲也意識到離別的時刻來臨，她依依不捨，分別跟大家相擁告別：「再見了，我的動物朋友們。」

尼克把一張照片送給她，那是嘉斯爺爺在慶典中替大家拍的大合照，菲菲珍重地把大合照收進刺蝟小斜包放好。

嘉斯爺爺一手拿着魔法水晶球一手抱着菲菲，他在心中想着：「我要把菲菲送回家！」下一秒，傳送門就在兩人身下出現，隨即他倆就一同掉到菲菲的床上，菲菲緊抱着嘉斯爺爺對他作出了最後的道別：「感謝你的照顧，我會永遠記住這兩天的經歷。」

嘉斯爺爺只是笑着撫摸菲菲的頭，輕聲地祝福：「願你未來一路順遂。」

在跟菲菲道別後，嘉斯爺爺跟傳送門外的孩子說：「可以把我拉出來了。」尼克他們聽見後合力拉動繩索，把嘉斯爺爺拉回來了。

但沒想到，本來正昏迷的麥利突然醒來，他看到地上的傳送門，菲菲亦不見蹤影，馬上明白一切。「還給我！」麥利馬上起身飛撲向嘉斯爺爺，打算從嘉斯爺爺的手中，搶回魔法水晶球。

嘉斯爺爺閃身一躲，麥利馬上失去目標撞向地面，發出一聲悶響。嘉斯爺爺看着傳送門中的菲菲，再回望手中的魔法水晶球。他明白，只要魔法水晶球一天還存在，菲菲的安全就不會得到保障。

下定決心的嘉斯爺爺把魔法水晶球用力一摔，魔法水晶球掉到地上，外層的玻璃破裂了，傳送門消失了，這下菲菲終於安全了。

成功回家的菲菲，剛好碰上父母進來她的房間，傷心的父母在看到菲菲時都不敢相信，手中的尋人啟示傳單都散落地上，他們不禁驚呼：「這兩天你到底跑到什麼地方去了？！」

菲菲的公公婆婆被吵鬧聲吸引而來，看到孫女平安歸來都欣喜若狂。

菲菲看到最疼愛自己的公公，馬上從刺蝟小斜包中拿出相片給公公看。公公疑惑地接過相片，沒想到會在當中看到故人。公公難以置信，望向窗外滿是流星雨的夜空，不禁笑着感謝他那戴眼鏡的刺蝟朋友。

第九章
圓滿結束

第九章
圓滿結束

「不不不不！！！」麥利撕心裂肺地慘叫，他抱起魔法水晶球的殘骸，他無法相信，自己偉大的夢想就這樣破滅了。麥利失控地對着尼克他們咆哮：「你們這群該死的低等生物！我要詛咒你們天天被幽靈追殺！」

沒想到，魔法水晶球原來還未完全損壞，流星雨加上麥利的「許願」，啟動了傳送門。麥利茫然地掉進傳送門，卻沒能抓緊手上的魔法水晶球，傳送門一下就消失了，而魔法水晶球再次掉到地板上，沒有了外殼保護的星星，這次徹底粉碎了。

「哇啊啊啊！」麥利撫着刺痛的屁股，張眼想看看發生什麼事，但映入眼簾全是白色的身影，而那些身影就像是配合好似的，全轉過頭來看他。

「幽靈啊啊啊啊！！！！！」

麥利歇斯底里地慘叫，再次昏倒過去了。接下來他將要活在這個他最害怕的幽靈世界了……

另一方面，尼克他們面面相覷，不敢相信危機就此解除。芝芝再次拿出遺忘粉球往警衛們的方向扔，被定身的警衛跟被綁住的警衛碰到粉末後，都忘記了要做的事情。

尼克看着地上的魔法水晶球殘骸，憂心地問嘉斯爺爺：「魔法水晶球不是高祖父留給你的遺物嗎？這樣沒關係嗎？」

嘉斯爺爺釋然一笑：「重要的從來不是物件，因為物件總會隨時間老化損毀，但回憶不會，美好的回憶不會隨時間而改變。」他欣慰地看向尼克：「就像我們這兩天的冒險，這些美好的回憶，永遠不會變質。」

「呃哼！抱歉打擾你們的溫情時間，但如果我們再不離開這裡就麻煩了。」芝芝無奈指着警衛們：「定身粉快要失效了，警衛很快就能自由活動了。」

「這不用擔心！」阿萊爾拿出遙控器，指引 UFO 飛到他們旁邊，大家都欣然地跑上 UFO 坐好。「糟糕！我們被發現了！」尼克發出驚呼，原來有不少在記者都發現了這台 UFO，紛紛拿出錄影機進行攝錄。

阿萊爾仍是一聲不發，鎮定地按下手邊紅色的按鈕。相似的情景，相似的速度，相似的慘叫，在夜空中回蕩着……

第二天到處都是鋪天蓋地的新聞報道：「德洛文鎮的首富麥利先生在演講會上表現怪異」「首富麥利先生在魔法與天文歷史博物館離奇失蹤，疑似被外星人綁架」「魔法與天文歷史博物館出現不明飛行物體」

一行人相視而笑。

「嗯！看來這又是美好的一天，

又是探求新事物跟未知的一天！」

請保持珍貴的好奇心。世界很大，到處都有新奇未知的事物，探索未知可能愚蠢但相當勇敢，也許付出得不到回報，也許被人取笑，但亦可能會無意中發現新的世界。

如果⋯⋯你有幸接觸未知，

那一定會成為你一生難忘的回憶。

後記

很感謝看到這裡的你。閱畢《OMG! 外星同好會》，不知道你有何感想呢？希望這個有點天馬行空的故事能帶給你一絲樂趣吧。

來到後記，就分享一下創作旅程和背景吧。

跟前作的繪本不同，今次這本作品變成了圖文小說，當中的困難對我來說不是一般地大，而且因為種種因素以致創作時間大減，當中摻雜腸胃不適、面臨趕稿的壓力大爆炸，還有失眠（睡眠不足真是很痛苦的）。事後回想，這段時間還真是多災多難。（而在我寫這篇後記的時候，我家因突發事故要進行緊急大裝修，真是兵荒馬亂，驚喜不斷。）

不過，與之相反的是，我在這段期間得到很多人的幫助，包括親友的安慰及支持，以及出版社的耐心等待，最終有驚無險地完成這本作品，真是感激萬分。

說回創作故事上，可能你會好奇，動物種類繁多，怎麼不選貓咪、松鼠、兔子這些在圖書較常出現的動物當主角，偏偏選了比較不常見的刺蝟、黑鼻羊、芝娃娃跟棕熊？其實貓咪、松鼠、兔子在《唔緊要》已經出現過，而且它是一個已完結的獨立故事，所以新作在角色設定上要有一定程度上的不同。

為了符合這個獨特的故事設定，角色們的性格更為重要。他們是一群在魔法世界中堅信有外星人存在的動物，即使遭受他人嘲笑也毫不動搖。他們各有弱點但心靈強大，慢慢地我腦海中就出現了：外表平凡但體貼溫柔的刺蝟嘉斯爺爺；身材瘦小但腦筋靈活的刺蝟尼克；目無表情、沉默寡言但手藝高超的黑鼻羊阿萊爾；外表古怪但戰鬥力強大的芝娃娃芝芝；孔武有力但異常膽小的棕熊高迪；加上一個性格外向但有點傻呼呼的「外星人」菲菲——這就是我腦海中的夢幻團隊了！

而這次故事的字數有所增加，使我有更多篇幅刻畫角色性格。希望讀者能欣賞他們有點怪奇但不失可愛的個性吧！

最後再次感謝你閱讀這本書，我們有緣再見！

DESIGNED IN HONG KONG. PRINTED IN CHINA BY CP PRINTING (HEYUAN) LIMITED. IDEAPUBLICATION.COM BY IDEA PUBLICATION 2025.

OMG! 外星同好會

作者 藍曉

責任編輯 點子出版 Idea Publication
校對 陳婉婷

美術設計 陳希頤

製作 點子出版 Idea Publication
www.ideapublication.com

出版 點子出版 Idea Publication
地址 荃灣海盛路 11 號 One MidTown 13 樓 20 室
查詢 info@idea-publication.com

發行 泛華發行代理有限公司
地址 將軍澳工業邨駿昌街 7 號 2 樓
查詢 gccd@singtaonewscorp.com

出版日期 2025 年 7 月 16 日
國際書碼 978-988-70671-6-0
定價 $98

點子出版
IDEA PUBLICATION

OMG!
外星同好會